Todos los viajeros de la Luna

Mat de Melo

El poema original,
sin editar.
Una carta de
amor a Lisboa.

Dedicatoria:

Este libro es
una dedicatoria a
todos los viajeros
lunares y a cuando
Lisboa era Lisboa.

Meta Ficción |n|

Un relato falso o
improbable; una idea o
una palabra medida en
unidades astronómicas.
Puede desafiar ciertas
condiciones y, por
lo tanto, "hacer
que todo suceda."

Es decir, para moverse
o girar, como por arte

de magia. Para
fabricar, o colorear.

Un productor de ideas.
Un héroe en una novela,
en un escenario, en el
fondo de una imagen
en movimiento con un
bloc de notas.

Todos los viajeros de la Luna

Acto 1

Se levanta
el telón.

Un café. Una chica
vestida de denim
con un bloc de
notas está en la
esquina de la

habitación. Entré
como una estrella
en una película
en blanco y negro.

Me senté con Viola
abajo un cartel de
café delta. Tomé
una cola y Viola un
Porto, y juntos nos
sentamos en un rincón
y miramos y observamos

todo con atención
esperanzada durante
varios minutos.

*Viola tenía una
idea.*
"Quiero pintar
la ciudad de rojo.
Quiero estar en un
escenario, y ser
el papel. Quiero
derribar la casa."

"Podríamos robar un Porsche, y dar un paseo, y escuchar la radio hasta que nos quedemos sin gasolina."

Milo desdobló un periódico. Tenía las palabras "Constrúyeme una máquina del tiempo" en tinta azul. Una

chica con denim Levi's
azul con un joven
aristócrata bohemio con
un T-shirt blanca lisa
con aviadores retro,
cuando todas las
noches una película,
y todos una estrella;
cuando un cohetero de
nave espacial podría
moverse a 40 mil millas
por hora a través del

espacio exterior en
dirección a la Luna
o Marte está sujeto
a su asiento; cuando
América significaba
Kodak y *milkshakes* y
paseos en coche en
pleno verano; cuando
todo el mundo era
realmente un escenario,
y todos los hombres en
realidad meros actores.

"Tu eres una
troublemaker."

"Y tu eres un
superhéroe."

Disolver a:
En un apartamento
en segundo piso. En un
visionario melodramático
de 37 años. Cerca de
una lámpara de queroseno

y un bloc de notas sobre
monstruos y pesadillas
y ficción, y algo
hermoso que es
producto de una
imaginación retroactiva.

Sobre como teníamos
una obligación;
una responsabilidad
universal, y el mundo
estaba esperando.

Yo miro en una frecuencia estática de una radio. Sobre una caja de cartón, y una cianotipia de 70 palabras.

En una generación una norma: Trae una cámara. Gira, dial in, girar la cinta.

Una generación desarrolla una filosofía. Una revolución ha sucedido. Tuve otra impresión en un apartamento en el segundo piso, quemando el aceite de medianoche.

El tiempo se mueve rápidamente. Y las probabilidades

estaban casi siempre
en contra nosotros.

Y aún así
insistimos, que un
búho de la noche no
puede tener sueño
por la noche.

En un FIAT Berlina 1971, mirando la estrellas.

Milo y Viola tienen vino tinto sobre el capó del coche. Viola tiene un bloc de notas azul y rojo. Milo ve Todo en colores primarios.

Viola tenía la
radio, y yo tenía
el marcador.

"Un poeta no es
una persona común.
Dice a menudo cosas
un tanto descabelladas,
no posibles. Tiene un
marcador permanente."

Viola mira un radio
y se detuvo. Me volví,
me detuve y tuve una
idea. Una flor es una
flor, y uno catcher
in the rye es uno
catcher in the rye.
Una generación
alternativa está
lista con anticipación.

*La radio está
encendida.*
"Las palabras
pintan cuadros,
y los cohetes van
a la luna."

*Había deslizado
un autobús.*
"¿En papel, y
en tinta azul?"

"Él ató un lazo
alrededor de ella, la
bajó de la estratosfera.
Está en su bolsillo,
y está brillando en la
oscuridad, y seguramente
que lo va a delatar."

"¿Y entonces?"

"Y como la ficción.
Como una reacción

química en una caja
coche. Redondeado
con un sueño."

"Y un manual de
usuario, en como
hacer una luna
de papel."

Detrás de nos otros
estallaron velas
romanas. Viola se

volvió y se detuvo,

y me volví y me

detuve, y nos vi

en una película

que tenía en cinta.

En vino en caja, y hipérboles.

En los 3.70 que

tuve y salvé luego

desperdiciado.

En la calle 73rd

Street y Broadway,

tomando una cola.

En Río y en Roma

y en Madrid. En

todo el mundo.

Arriesgando todas

las oportunidades.

Cometiendo todos los

errores. En la guía de

un filósofo, un manual

para creadores de
ideas.

En Bairro Alto
con una cámara
desechable, con 24
exposiciones, y un
marcador azul.

Una disertación de
3100 palabras sobre
Juno y Marte. Sobre

Eros y flechas y
reacciones químicas.

En una boya con
reflectores rojos
que se proyectaban
durante varios
kilómetros en ninguna
dirección en particular.

Casino Estoril.

Tomé un gin y tónica
en el bar. ¿La idea?
Más información para
que pueda avisar al
mundo sobre Los Cosas
Jóvenes Brillantes en
el bar, y advertir
a todos sobre una
subcultura de personas
que llegaron a Porto,
Madrid y Roma en una

caj de cartón, cada
uno un super héroe.

Calcularon la
distancia entre
ellos y la luna,
y calcularon el
costo de la
gasolina; velocidad,
distancia, tiempo.

Imagino una esfera,
acto 1. Arrastrado
por la gravedad,
empujado por mi
imaginación.

**A un fondo azul,
marrón, y rojo.**

Viola tomaba una cola
genérica en el suelo
con un bloc de notas.

Yo miro un marcador

azul, en un fondo

azul, marrón y rojo,

a sentar las bases de

una escuela especial

de pensamiento en un

apartamento en

segundo piso.

En un escenario,

y como en una

película que tenía

en la cinta. Hay un
generador de ideas.
Todo en ficción,
él desarrolló una
máquina del tiempo.
Él imaginó un punto
en una línea en un
mapa. En España,
sin cometer errores.

Disolver a Milo
lleva una camiseta

blanca sencilla,

en su escritorio

con una máquina de

palabras portátil.

 Haz un esquema.

Usa colores saturados.

No te preocupes

por quedarte entre

líneas. Estás aquí

para salvar el mundo.

Depende de nosotros.

Considera esto: que un
fabricante de ideas no
puede depender de si
es incomprendido y que
ser incomprendido
es también lo que
nos hace diferentes.

Rojo amarillo azul,
puedo ver las vallas
publicitarias desde
aquí. Puedo ver una

imagen en movimiento
en la distancia.
Puedo escuchar el
sonido de las
palabras en el papel.

Puedo ver la Luna.
Puedo ver un
Rocketeer. Puedo
ver una máquina
del tiempo. Está ahí.

Es ficción, y es
nuestro para tener.

**Yo miro en una
boya verde, en
un puerto de Cais
do Sodré.** Viola
tenía un cigarrillo,
y yo tenía una caja
de cerillas.

Yo tenía un Walkman
azul, una cinta retro.
Nos sentamos en una
caja de jabón con
los auriculares en
los oídos.

Estoy borracho por
una idea que tuve en
un bar en Madrid.
Yo miro un faro,
y luego me detengo.

"Soy un romántico,
y un sentimental,
y sostengo que si bien
nada podría durar para
siempre, sé que he
hecho todo lo posible
para hacerlo así."

"Me gustaría pensar
que podríamos. En
un movimiento llamado
The Manufacturers of

ideas. En un programa,
en palabras de cartel
de película, una
tragicomedia. En
cines, 13 de Julio.
310, 540, y 830."

*Viola tiene un
vino tinto. Milo
tiene una idea nueva.*
"Todo lo que
siempre quise fue

todo, pero todo

lo que tuve fue

ficción."

Viola mira un autobús.

"¿Y luego?"

Milo hace una

pausa.

"Vamos a caminar,

y beber champán,

y a portarnos mal,

y fingir que la noche

durará para siempre."

Llega el autocarro.

Viola tiene una idea.

"Acto 1, escena 3.

Yo soy el héroe, y

tú eres el narrador."

Es de noche,
en algún rincón

de Lisboa. Tenía
una caja llena de
champán bueno y
barato. Viola está
en el suelo con una
radio de transistores.

Despliego un
memorándum: Madrid,
Barcelona, Roma.
Trae un bloc de

notas. Toma un paseo,

comete un error.

La Luna es mandarina,

y la noche es el

color azul.

"La Luna, las

estrellas. Estos

guantes. Hay más,

¿y si no, qué hay?"

"Hay pruebas. Hay magia. La materia de que son hechas las palabras. Sobre el papel hay una chica en jeans en un Renfe de medianoche de 10 horas de Lisboa a Madrid, todo en una idea. Quien soñó en color. Y ahí estaban las palabras La

Espera...".

Tenía una botella

de Espumante barato.

El volumen de la

radio está en 10,

y Viola y yo hacíamos

brindis tras brindis,

"...Por ti, por mí,

por nosotros, y por

los incomprendidos,"

y en cada brindis

chocamos nuestras

botellas bajo la

luna en una máquina

del tiempo.

"Buenas noches luna de

papel. Buenas noches

luz brillante. Buenas

noches, buenas noches.

Buenas noches la

noche tarde."

Era sólo media noche,
pero siempre era sólo
media noche para un
corazón intoxicado.

Y entonces comenzó
un proyecto
diferente; una novela
de 50 mil términos
que borré y borré,
hasta que todo lo que

me quedaba era la
poesía entre líneas.

Yo tenía una guía
del soñador de 830
palabras a la Vía
Láctea y un bueno
champán barato, y
una guía del soñador
de 830 palabras a la
Vía Láctea y bueno
champán barato es

código para la noche

es joven, y también

nosotros.

Yo subo a una caja

de cartón como si

no fuera una caja de

cartón común, y como

si no fuéramos

gente común.

Y entonces, toda la
noche Milo y Viola
tenían champán, y
escucharon la radio,
y fingieron estar en
un drama llamado
Ultraviolet Blue.

Acto 2

A midnight show

Escenografía: un
fondo azul. Una
estrella de papel
que Viola colorea.

Hay un papel de
memorando en el

suelo. Hay una
máquina de escribir
y un proyector
Super 8. Hay un
cartel de película
y una radio AM/FM.

Fade in en quinientos
mil kilovatios de
partículas de polvo
espacial. En una
escalera, debajo de

una luna de papel.
Tuve una idea.

Un poeta tiene una diapositiva de color,

y todo el mundo en
tecnicolor. Un joven
brillante en una novela,
todo en una idea.

Un sueño es un
sueño; Un crayón de
cera descontinuado,
mas un crayón de
cera, no obstante.
Yo miro un pasajero
en un tranvía
eléctrico. En una
furgoneta Ford retro
con líneas marrones y
rojas y mandarina y

un número 73 pegado
en ambos lados.

Me senté en un escalón
por un teatro y leí
Babylon Revisited
en la *The Saturday
Evening Post*. Entonces,
consideré la idea, una
idea casi imposible
que tuve cuando tenía
10 años, sobre cómo

las palabras tienen

efecto.

Sintonizé en un tranvía
eléctrico. En tinta
azul, las palabras
tienen un efecto:
para mover y girar
y lanzar un hechizo.

Disolver a:

Un teatro en Dom Pedro.

Un vagabundo con una

camisa de lana y un

violín toca El Cisne

de Saint Saëns cerca de

una caja de folletos.

En una sala de cine. Milo está en el asiento 3A y Viola está detrás de él en 4 B.

Un proyector proyectaba una película en la pantalla. Milo se vuelve hacia Viola con una cámara

desechable. Se
pregunta si tiene
tiempo, y si él y
Viola están en una
imagen en movimiento.

Corte a: Milo en
el escenario. Un
rayo de proyector
está en Viola.

VIOLA: Se levanta
el telón. En una
chica que se ha ido
a Barcelona. Cerca
del Teatro Borràs.
Bajo la luna. A la que
perseguimos la Noche.
Desafiamos lo normal
y nos apartamos del
uso literal de las
palabras. Para colorear
Todo. Una idea que tuve

en un apartamento
del segundo piso.
Sobre una ide casi
posible que se pretende
tomar literalmente.

Cortina cerrada.

MILO: La cortina
sube. En el héroe. En
una caja de coche. En
un escenario, y la

ficción: porque eso
es lo que todos
quieren; una máquina
del tiempo, y esa
sensación casi
posible como si
estuvieras en una
película, y tu estás
en medio de tu parte
favorita.

VIOLA: Eres un
dios ex machina.

MILO: La luna,
las estrellas.
Todo. Es nuestro
para tener.

VIOLA: Y un
romántico.

MILO: Estas hecho
de la misma materia
que los sueños.

VIOLA: Y eres
un fabricante
de accesorios,
rodeado de sueño.

MILO: Rodeado de
sueño y en una
luna de papel.

Viola se gira
el proyector.

VIOLA: Así puedo
ver Barcelona
desde aquí. El peso
del Universo. La
gravedad me atrae,
y en algún lugar
hay un adiós.

Milo tiene un

antídoto.

MILO: ... Su conquista

merece lo mejor de la

humanidad. No porque

sea fácil, sino porque

es difícil. ¿Por qué

la luna? ¿Por qué

ficción? Porque está

ahí. Porque las

palabras lo colorean,

y porque tú y yo
somos diferentes.

Viola se volvió
hacia la pantalla
y volvió de nuevo.
VIOLA: Como la
tenías en cinta.

Un rayo de luz del
proyector está en
Milo. Viola se

vuelve hacia un

teatro vacío, y

juntos, Milo y

Viola leen líneas

del acto 2, todo en

palabras en papel.

En una parada de autobús en Rato.

Estoy en un traje
de vuelo, y Viola
con una capa de
lluvia de poliéster.
Empieza a llover.

Desplegué el papel
en tercios, luego
leí el poema en voz
alta, con una voz

casi demasiado

suave para oír

las palabras.

"*En defensa de los

incomprendidos.* Sin

Barcelona, y sin Miró.

Sin radio, y sin botón.

Sin Billie Holiday,

y sin Harlem Dream.

Sin máquina de

palabras, y sin la

luz verde en una bahía
con reflectores que
proyectan un haz de luz
en ninguna dirección
en particular. Sin
drama, sim acto 2.
Sim medida del tiempo,
y sin sentido especial
de urgencia solo un
soñador podría entender.
Sin guía de la Vía
Láctea, y sin la

publicación de
ciudadana democrática.

Sin exageraciones,
y sin luna de papel.
Sin movers, y sin
shakers. Sin caja de
cartón normal, y sin
rocketeers. Sin vino
tinto bueno y barato,
y sin reacciones
químicas. Sin teatro,

y sin imágenes en
movimiento, y sin
parte favorita.

   Sin lámpara de
aceite, y sin radio
de transistores.
Sin Kerouac, y sin
zapatos vagabundos.
Sin generación beat
y sin revolución.
Sin papel, sin tinta

azul, y sin filosofías
de 2 de la mañana.

No se corre el riesgo
de que sea sin razón
o incorrecto, y no
hay error. Saquea el
Museo. ¡Robar todo lo
que esté a la vista!"

Viola se guardó la
poema en el bolsillo.

Seguía lloviendo,

y juntos, Milo y

Viola se paran en

una parada de autobús

con retrospección.

Acto 3

En Bairro Alto.

Las palabras saltan
de la página. Él es
el protagonista.
Cada palabra se
superpone al papel

como si

fuera magia.

3 de la mañana.

Dobla el papel en

tercios. En el

bolsillo de su abrigo

hay un poema, que

lleva consigo como

si fuera un manual.

Un clube de jazz. La mesa 13.

Una chica con un gorro leyó un extracto un bloc de notas.

"...¿Qué le pasó a todos los viajeros de la luna? ¿Se han ido, o están elegantemente

retrasados? ¿Han
guardado sus sueños
en un jarro? ¿O no
los tienen?"

La música comenzó
en contratiempo.
Entonces, el bajo.

El extracto dejó
una marca en todos
en la sala. Había
magia en el aire.

Tuve un
cigarrillo. El
show continuó.

Disolver a: Barrio
Alto. Deambulé en la
noche, desde la rua
do Norte hasta los
cafés de la rua
Augusta.

Los cafés habían
cerrado. Había un

taxi en doña María.

No había nadie más

que yo y la luna.

Me acosté, bajo las

estrellas de papel

de construcción.

Encontré una moneda

en el suelo. Otro

deseo desperdiciado,

pensé. Decidí entonces

que los deseos no

caducan, así que
guardé el moneda
para otro momento.

  Por casualidad un
sueño, una imagen de
palabra. Madrid se
puede ver de la
distancia. Muchas
estrellas salpican
la estratosfera.
Una estrella es más

brillante que las
otras, como algunas
estrellas son.

Un Romantic, todo
en una idea, no
hacer un error,
porque unos zapatos
están hechos para
caminar, y porque el
propósito de una
flor, es la flor.

Disolver a: En
un tren a Madrid,
y una chica en
denim Levi's, se
fue para salvar
el mundo.

**En Super 8,
24 fotogramas
por segundo.**

Un plano. Una radio
de transistores. Una
luna casi llena.
Un anuncio de una
película.

Yo tomé una cola en
un bar de la Rua da
Rosa. Empecé a

grabar una idea,

un *hola*, *La Luna* de

300 palabras que

podría doblar en

tercios y enviar a

una chica en España.

En una máquina de

escribir portátil azul,

en una habitación con

un cartel donde quemé

el aceite de medianoche,

en verano cuando el

aire es aún más azul,

por la noche en el

techo de un teatro d

onde se sospecha que

un superhéroe común

pega poemas en paradas

de autobús, cuando

10 mil soñadores

desobedientes, todo en

la ficción, marcharon en

oposición a las
ideas normales.

Palabras en papel,
yo exageré todo,
y como en el arte,
estaba delante de
la vida.

En un Mercedes-Benz taxi. Un manifestante lanzó volantes desde un cañón. El papel parecía caer del espacio. Tenía una foto más en el rollo. El conductor tenía la radio encendida. Y así se puede decir, que estábamos en una supernova de papel

confeti. Hice una
pausa para tomar una
foto en el techo del
auto, como si estuviera
en una película. En
el papel, y en tinta
permanente, y algún día
una nota al pie en un
melodrama divino.

A su vez, se obtiene
un contorno y, a

partir de él, otra

generación tiene

algo que pueden

llamar propio.

**Entonces como
la ficción,** en un

apartamento del

segundo piso una

impresión de película

de Kodak *super 8*

parpadea a través de un

proyector, 24 fotogramas

por segundo, y como

magia, hizo la ilusión

del movimiento.

Otros poemas de
Mat de Melo,
Ficción S.A., 2024

Sigue la subcultura
en matdemelo.info

Escríbenos:

nova ink printhouse
novainkprinthouse
@proton.me